孙子兵法

第三册

上海人民美術出版社
浙江人民美术出版社

目　录

计　篇 · 第三册

战 例

韩信木罂渡河平魏地

编文：朱丽云

绘画：邹越非 魏 海

原　文　远而示之近。

译　文　要向远处，装作要向近处。

1. 汉高祖二年（公元前205年）四月，刘邦率领五十六万人马，浩浩荡荡直取彭城，袭占项羽的老巢。项羽闻讯后，回师反攻。结果汉军主力被歼，刘邦只率领几十人，逃出重围。

2. 彭城战败之后，原先投降刘邦的塞王司马欣、翟王董翳这时又背叛刘邦，归降项羽。原先归附刘邦的齐王、赵王等也同项羽讲和。形势对刘邦非常不利。

3. 是年六月，魏豹（魏王豹）的母亲得了疾病，魏豹便向刘邦告假，要求回家去探视。刘邦觉得生母有病，理当回去照看，就与他约定期限，让他回去。

4. 谁知魏豹渡过黄河，就将河口的交通截断，派兵防守，背叛汉王刘邦，反而与楚进行了联合。

5. 魏豹占据河东（今山西南部），西进可以威胁关中，南下可以截断关中与荥阳的联络，并与楚军造成夹击荥阳的态势。刘邦得知魏豹反叛，非常焦急，连忙派出谋士郦食其去劝说。

6. 郦食其连夜赶往魏都平阳（今山西临汾），对魏豹反复陈述祸福，魏豹始终不动心，淡淡地说："人生在世，犹如白驹过隙。若能自己做主一天，便一天如愿。汉王没有君臣之礼，我不愿再听他的辱骂了。"

7. 郦食其说他不动，只得回报刘邦。刘邦大怒，即命韩信为左丞相，率同曹参、灌婴二将，领兵讨伐魏豹。

8. 韩信领兵到了临晋关（今陕西大荔东南），望见对岸布满魏兵，不能渡河，便择地安营。

9. 双方隔河对阵。韩信一面令人赶办船只，装出要从近处渡河强攻的样子，一面又派出探子到上游去察看形势。

10. 不久，探子回报，说上游有个叫夏阳（今陕西韩城南）的地方魏兵守卫甚少，防守空虚。

11．韩信胸有成竹地点了点头。他把曹参叫来，命他带兵上山砍伐树木，不论大小都要，越快越好。

12. 他又叫来灌婴，命他派遣士兵到各个集市上去购买几千只瓦罂（小口大肚的瓦缸），立刻要用，不得延误。

13. 灌婴不禁疑问道："瓦罂有何用处？"韩信说："将军不必多问，办来就是。"灌婴莫名其妙，但有军令在，不得不照办。

14. 两天后，曹参和灌婴办齐了木料、瓦罂。韩信取出一封事先写好的信交给他俩道："你们回帐后，就看信，看后照办。"

15. 两人走出韩信军帐，立即展开书信细读。原来信中要他俩制造木罂，并告诉他们木罂的制作方法。灌婴道："这就怪了！渡河要船，现在船已差不多了，还要造木罂何用？"

16. 曹参道："韩将军让我们这样做，总有他的道理，我们依计行事就是。"两人回营，督促士兵日夜赶制。

17．不几日，木罂全都制作完成。这是一种特制的筏子，先把多只瓦罂排成长方形，口朝下，底朝上，用绳子绑在一起，再用木头夹起来固定，然后在这上面铺上木料绑牢就成。这种筏子比普通筏子要多乘不少人。

18. 韩信听说木罂已造好，亲自验看了一番。到晚上，便命令灌婴带领数千士兵留在临晋渡口，让他们做出要渡河的样子，吸引魏兵的注意力。

19. 他自己则与曹参率领士兵搬运木罂，半夜到达夏阳，把木罂放入河中，开始渡河。至此，曹参才明白木罂的用途。

20. 一批批士兵先后出发，韩信和曹参也都下马乘木罂渡河。登岸之后，立即开始整队行进。

21．魏豹只注意临晋，而对上游没有船只，并且水势难以涉渡的夏阳置之脑后。因此，韩信军队上岸后，毫无阻挡，直到东张（今山西临猗西南），才见魏兵营帐。

22. 曹参率先杀入魏营。魏兵仓猝应战，被杀得大败，落荒而逃。

23. 紧接着，曹参又率兵攻占了魏军后方的安邑城（今山西夏县西北）。韩信设宴犒劳将士，勉励他们乘胜向魏都平阳进发。

24. 魏豹在平阳得到安邑失守的消息，吃惊不小，匆忙引兵出城迎击汉军，碰上有进无退、奋不顾身的汉兵，没打几个回合，就仓皇败逃。

25. 汉军追到东垣（今山西垣曲西），把魏军团团围住。韩信传话给魏兵，叫他们早降免死。魏兵纷纷弃甲丢戈，归降汉军。

26. 魏豹山穷水尽，无可奈何，只得下马伏地，束手就擒。

27. 韩信把魏豹关入囚车，率军直抵平阳城下，让曹参押着魏豹出示晓谕守卒，令他们投降。

28. 守兵见了魏豹，张口结舌，无心再作抵御，开城投降。

29. 韩信接着又派遣部将攻打魏地各处城邑，很快，整个魏地即告平定。

30. 韩信派人将魏豹及其全家解到荥阳向刘邦告捷。刘邦大喜，对韩信用计之妙深为赞许。

战 例

屈瑕以利诱绞兵

编文：浦　石

绘画：叶　雄 李　华

原　文　利而诱之。

译　文　敌人贪利，就用小利引诱它。

1. 春秋时期，诸侯各国互相兼并，战乱纷繁。南方的楚国日渐强大。楚武王为扩充势力，于公元前701年，派莫敖（楚国官名）屈瑕率军与邻国贰（今湖北应山）、轸（今湖北应城西）会盟。

2. 郧国（今湖北安陆）国君为遏制楚国势力扩展，一面屯兵于蒲骚（今湖北应城西北），一面火速派使臣去随、绞、州、蓼四国求援，请求出兵，联合攻楚。

3. 屈瑕闻报，深感事情棘手。这时，大将鬬廉进计说：“乘四国兵马未到，先发制人击败郧师，四国之兵必散。”屈瑕同意，自率一部分兵力防御四国，派鬬廉率精锐攻击蒲骚的郧军。

4. 鬬廉夜间偷袭蒲骚，大败郧军，随、绞等四国见后，果然都不敢再出兵攻楚。

5. 屈瑕与贰、轸结盟归国后，向楚王报告此事，楚王恼怒绞国助郧，第二年亲自率军进攻绞国。大军在绞国南门外扎营。

6. 楚军向绞城发起猛攻，但遇到绞国守军的勇猛抵抗，战斗十分激烈。楚军多次进攻，都没有成功。

7. 绞城久攻不下，楚王闷闷不乐，独自在帐中饮酒。屈瑕求见道：“臣有一计可诱敌出城。”楚王大喜。命左右退下，留屈瑕密议。

8. 次日，一批楚国役夫绕过绞城到城北山上砍柴，清晨上山，下午三三两两担柴归营，又无兵士护送。绞城守军很惊奇，报请国君上城察看。

9. 绞城将士请开城捕捉，国君道："不可！此乃楚军诱我出城之计，不能轻动。"

10. 一连数日，楚人都是成批上山，散漫回营。而绞城围困日久，柴草匮乏，只能拆屋煮食。绞国国君此时也相信楚军上山砍柴，是作久战之计，于是，就派兵悄悄出城，捕获楚国役夫，截夺柴草。

11. 绞军一次就抓获了三十名楚人，抢得了一批柴禾。

12. 第二天，楚军照样还是派役夫上山打柴，绞国士兵第一天已得利，此时就争着出城，上山捕捉楚国的打柴人。

13. 岂料今日楚军早在城北门外伏下重兵。忽然战鼓擂响，杀声阵阵。绞兵慌忙夺路回城，但此时楚国伏兵齐出，绞兵被截，被杀、被俘甚多。

14. 绞国国小，兵力单薄，遭此重创，国君自知难以再守，只得与楚订立了屈辱的城下之盟，做了楚的属国。

战 例

秃发傉檀以畜乱敌胜后秦

编文：浦　石

绘画：桑麟康　辛　春

原　文　乱而取之。

译　文　敌人混乱，就乘机攻取它。

1. 公元四世纪末叶，鲜卑族的秃发氏在今青海、甘肃一带兴起，建立西平王朝，辖地不大，但游牧民族的骑兵骁勇善战，与后秦姚氏王朝经常发生战争。

2. 河西王秃发利鹿孤之弟秃发傉檀，从小机智过人，勇敢善射，在战斗中屡立奇功，深得族人的爱戴。

3. 东晋元兴元年（公元402年）三月，秃发利鹿孤去世，秃发傉檀继位，把都城东迁到了乐都（今青海乐都），改称凉王，史称南凉。

4．元兴三年（公元404年），后秦王姚兴派人威胁秃发傉檀，傉檀慑于后秦威势，委曲求和，遂不用凉王年号，屈居为臣。暗中却招兵买马，积极发展武装力量。

5. 东晋义熙二年（公元406年）夏，秃发傉檀率部属迁至大沙漠的边缘城市姑臧（今甘肃武威），貌似听命于后秦，其实在训练兵马，以雪去号之辱，准备重建南凉王国。

6. 后秦王姚兴不放心秃发傉檀，于义熙四年（公元408年）五月，发兵攻姑臧。尚书郎韦宗进言道：“傉檀深谋远虑，非平庸之辈，勿宜远征。”后秦王不听，道：“寡人自有妙计。”

7. 北国五月，草原初绿。姚兴派自己的儿子姚弼率三万步骑向姑臧进发，另派左仆射齐难率骑兵二万讨伐夏王赫连勃勃。

8. 后秦王姚兴同时派人送书给秃发傉檀，解释说夏王赫连勃勃叛逆，故派大军讨伐他，怕夏兵西逃，才派姚弼来河西（今山西吕梁山以西一带）阻截。

9. 秃发傉檀假意与后秦王周旋，暗中却派遣亲信，侦察后秦部队的动向。不久，抓住了几名后秦王的密使。傉檀亲自审问，获悉自己的部下有人竟为后秦收买，以作内应。

10. 秃发傉檀大怒，将内应一一清查，并全部处死，以安军心。这时，姚弼的大军已屯兵姑臧西苑，准备攻城。

11. 姑臧城楼上，秃发傉檀亲自观察后秦军的阵势，只见茫茫草原上，后秦军连营数十里，深沟高垒，甲胄鲜明，声势浩大，军容强盛。部下已有惊怯之色。

12. 秃发傉檀却谈笑自若，胸有成竹。他命令十员骁将率兵绕到后秦军营之后埋伏；又命所属郡县，将大批牛羊驱赶至姑臧郊外。

13. 左右对傉檀的命令感到奇怪，秃发傉檀笑道：“后秦军远道而来，军纪整肃，兵多将广，不能轻取。必使之乱，方能败之。”部下叹服，各自去准备战斗。

14. 大批牛羊从四郊拥向后秦军营垒附近。后秦大将敛成以为南凉已不战自乱，命军士抓牛羊邀功，军营一片混乱。中军将军姚弼欲止已不及。

15. 秃发傉檀见后秦军中计，在城头放起号炮。埋伏的十员骁将率骑兵冲进敌阵，混乱不堪的后秦军，布不成战阵，被杀者甚多，残兵狼狈逃窜。

16. 这一仗，姚弼损兵折将达三分之一，元气大丧，幸得姚显后续部队的接应，方免全军覆没。后秦军败回长安，将责任都推给大将敛成。

17. 后秦王姚兴见到失败归来的儿子，一声长叹，对尚书韦宗说：“寡人悔不听爱卿之言，致有今日之败……”

18. 这一年十一月，北国姑臧大雪飘飞，在一片银白的世界里，秃发傉檀在百官的朝拜下，喜气洋洋地又一次登上了南凉王的宝座。

战例

石达开层层设防破湘军

编文：王晓秋

绘画：盛元龙　励　钊

原　文　实而备之。

译　文　敌人力量充实，就注意防备它。

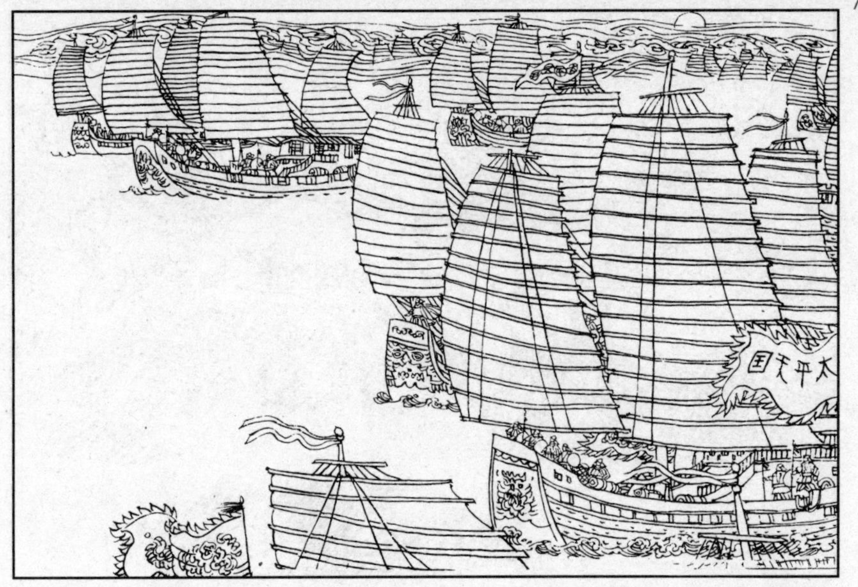

1. 为了控制长江上游，一举平定江南，清咸丰三年（公元1853年）五月，太平天国天王洪秀全命太平军将领胡以晃、赖汉英等率领战船一千多艘出发西征。

2. 第二年八月，太平军西征部队受挫，屡战屡败，失地千里，被迫退出湖南。

3. 湘军统领曾国藩率领得胜之师，水陆并进，分三路向长江下游扑来。

4. 曾国藩站在船头，望着乘风破浪的水师船队，踌躇满志，意气扬扬，对随从道："此举以水陆军扼截湖口（今江西鄱阳湖入长江口），三路痛歼，定要一举消灭贼寇。"

5. 为扭转战局，太平天国的名将翼王石达开奉天王洪秀全之命，率军溯江而上，西进驰援。

6. 当石达开等进至湖口、梅家洲（在今九江以西、长江南岸）一线时，湘军水师已越过九江来犯，形势危急。

7．石达开率诸将登高远视，见敌船队形严整，以快蟹、长龙的大船居中指挥，以舢板轻舟往来作战，船上还配有西洋铁炮。各将领看了颇为忧虑。

8. 石达开笑道："你们只见其长，不见其短。快蟹、长龙船体笨重，难以移动，舢板轻舟便于战斗，不便食宿，两种船只有互相依附才能作战。若将两者分离，就可各个击破。"

9. 石达开又道：“敌人自出长沙转战千里，屡战屡胜，屡胜则骄，久战则疲。骄与疲则可被我击败。”一席话，说得诸将连连称是。

10. 在稳定住部下情绪后，石达开也正视湘军水师强大的现实，和诸将仔细商量破敌方略，他说：“敌人锐气正盛，水师尤强，一时难以取胜。只有筑垒坚守，等待时机出击，方可取胜。”诸将以为有理，遂采取了防守措施。

11. 太平军由林启荣守九江，罗大纲守湖口西岸梅家洲，石达开率军守东岸湖口县城。各处加紧修筑，加固工事。

12. 太平军在通往鄱阳湖的河口内设置木排宽数十丈，横亘江心，木排上周围是木城，中立望楼，设以枪炮。木排侧有炮船，木排外有铁锁、篾缆层层围护。

13. 东岸湖口县城外，厚筑土城，多安炮位。

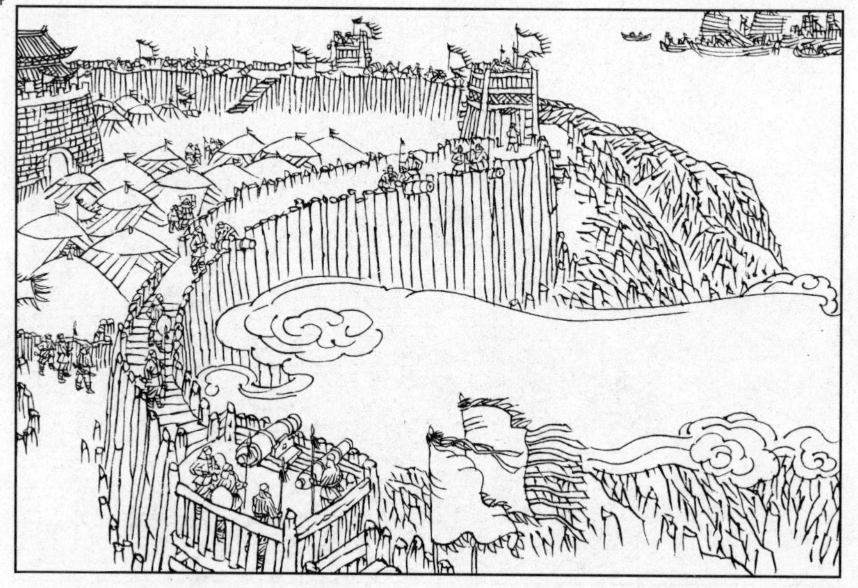

14. 西岸立木城两座，与城等高，层层设炮。营外广布木桩、竹签十余丈。并掘壕数道，内安地雷，上用竹木横斜搭架，钉上铁蒺藜。

15. 太平军水路依靠木排锁湖，陆路凭险固守，一切部署停当，严阵以待。

16. 白天，湘军进犯湖口。太平军的排上、船中、望楼里和两岸炮台的群炮齐发。湘军冒死猛攻，仍不能冲入排内，反而遭受严重伤亡。

17. 晚上，太平军的百余只小船，几只连在一起，船上满载柴草，灌以青油，装上火药，到湘军水营前将火球掷向敌船。

18. 两岸太平军又出动千余人，擂鼓呐喊，不断向江中敌船投掷火球，施放火箭，惊扰敌军。

19. 湘军被搞得昼夜不宁，疲惫不堪。相持日久，疲惫更甚，于是急于求战企图摆脱困境。

20．一日，湘军水陆配合进攻湖口。他们从外江开船猛冲木排，虽遭伤亡，仍不断进击。

21. 在激战中，湘军一炮击中木排上的弹药箱，霎时，巨焰腾空，响若山崩地裂。

22．木排燃烧，火光冲天。木排上望楼里的太平军仍坚守阵地，开炮还击。

23. 太平军虽血战多时，但在湘军水陆配合的强大攻势下，湖口木排构成的水上关卡终于被攻破。

24. 单靠湖卡难以阻敌，硬拼则敌强我弱更不能取胜。石达开反复思索，精心拟定了新的破敌之策。

25. 石达开指挥太平军连夜将数条大船装以沙石，凿沉于江心，阻止湘军大船通过。

26. 并有意在西岸留一隘口，拦以篾缆，大小仅容湘军舢板小舟进入。部署完毕，待敌上钩。

27．湘军向梅家洲发起进攻，石达开即令罗大纲率部增援。两军经过一番激战，太平军佯败而退，连湖口守军也向鄱阳湖退去。

28. 湘军水师将领萧捷三见此情景，颇为得意，率领舢板小船从西岸隘口处斩缆冲入，大肆焚烧太平军卡内的船只。

29. 湘军欲打通江西饷道，歼灭鄱阳湖内太平军。隔日，萧捷三又率舢板进入湖卡，乘胜追击，直到离湖口四十里的姑塘才停下来。

30. 石达开见敌已深入，立刻指挥军队把湖口水卡堵塞，斩断了湘军水师百余轻捷之船、二千精健之卒的退路，把湘军水师分割为二。

31．次日，当萧捷三率船队准备回长江时却发现湖口水面上有无数艘艨艟巨舰，排列得整整齐齐，封锁了江面。

32. 两岸各堡垒中的无数大炮，也都对准了江面。萧捷三知已中计，吓得目瞪口呆，不知所措。

33. 在鄱阳湖里，太平军的战船鼓风扬帆，破浪前进，向萧捷三所率的舢板船队发起了进攻。

34．湘军小船在太平军舰船猛烈炮火的攻击下，没有快蟹、长龙可依附，既不能还击，又无退路，被打得沉的沉、散的散。

35. 当萧捷三率舢板进入内河、湘军水师被太平军分割为二的时候，太平军即出小船三十余条，围攻快蟹、长龙大船，放火烧船。

36. 夜里三更，太平军又派三十余条小船趁着天色昏黑，悄悄钻入湘军大船营地，投掷火球。

37. 这时两岸太平军数千火箭、喷筒，对着湘军大船营地喷射。只见满江的火，满天的烟，整个湘军大营一片通红。

38．湘军的大船都是快蟹、长龙，笨重难行，失去舢板保护，如鸟去翼，如虫去足。有四十多艘大船在太平军的猛烈攻击下着了火。

39. 船上的湘军既无法抵抗，又无路可逃，只得往水里跳。烧死的、淹死的不计其数。

40. 未着火的快蟹、长龙慌忙挂帆逃跑，任凭水师头目李孟群、彭玉麟大声制止，也无济于事。

41. 此一战，湘军大败。四十多艘装备精良的快蟹、长龙化为灰烬，其余的船只溃逃九江。

42. 太平军乘胜反击。在月色昏暗的半夜，石达开派小船数十只，偷袭逃往九江的湘军的水营。

43. 小船钻入湘军大船夹缝之间，火箭喷筒齐发，又烧毁敌船十余艘。

44. 湘军水军惊魂刚定，又遇袭击，魂飞魄散。慌忙挂帆逃命，溃不成军。

45. 罗大纲率领太平军逆流而上，追上了曾国藩的帅船，将它团团围住。太平军冲上船头，与敌人短兵相接。

46. 混战中，曾国藩在随从保护下跳上一只小船，狼狈逃跑。

47. 太平军杀了曾国藩的管驾官把总刘盛槐，缴获了大量机要文书和皇帝赐给曾国藩的班指等物。

48. 曾国藩在小船上，回首满江已成火海，太平军又紧紧追逼，痛感大势已去，欲跳江自尽。

49. 在随从的劝阻下，曾国藩逃往南昌。至此，他苦心经营两年的水师，被彻底粉碎，太平军取得了湖口作战的完全胜利。

50. 湖口大捷后，太平军乘胜反击，再度攻占武昌。龟缩在南昌的曾国藩，在太平军包围之中，吓得坐立不安，哀叹“呼救无从”、“魂梦屡惊”。

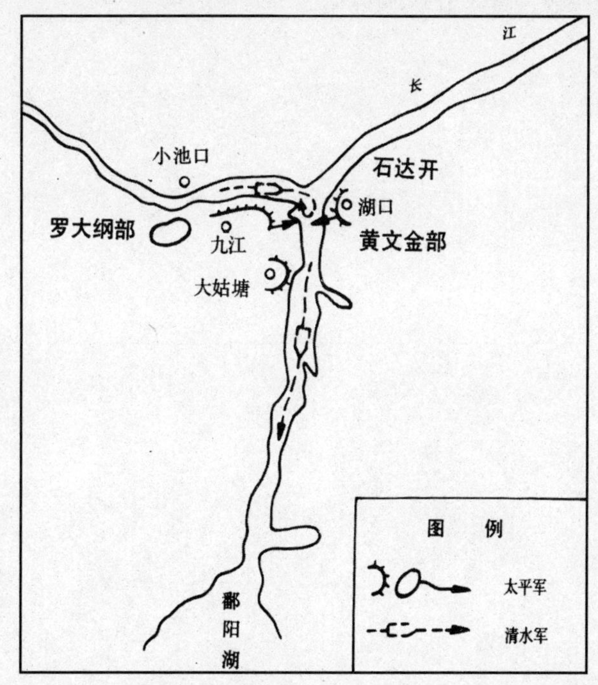

湖口之战示意图

孙　子　兵　法

SUN　ZI　BING　FA